KB109905

일상 II

더불어 사는 삶

일상 II_더불어 사는 삶

발행일 2019년 4월 15일

지은이 최병년
펴낸이 손형국
펴낸곳 (주)북랩
편집인 선일영 편집 오경진, 강대건, 최승헌, 최예은, 김경무
디자인 이현수, 김민하, 한수희, 김윤주, 허지혜 제작 박기성, 황동현, 구성우, 장홍석
마케팅 김회란, 박진관, 조하라
출판등록 2004. 12. 1(제2012-000051호)
주소 서울시 금천구 가산디지털 1로 168, 우림라이온스밸리 B동 B113, 114호
홈페이지 www.book.co.kr
전화번호 (02)2026-5777 팩스 (02)2026-5747

ISBN 979-11-6299-643-0 04810 (종이책) 979-11-6299-644-7 05810 (전자책)
979-11-5585-393-1 04810 (세트)

이 도서의 국립중앙도서관 출판예정도서목록(CIP)은 서지정보유통지원시스템 홈페이지(http://seoji.nl.go.kr)와 국가자료공동목록시스템(http://www.nl.go.kr/kolisnet)에서 이용하실 수 있습니다.
(CIP제어번호: CIP2019013711)

山佳詩集

더불어 사는 삶

최병년

북랩 book Lab

목차

하루

빛이 머무느라
어둠이 머무느라
야생의 하루가 다하느라

또, 한 날이
아침으로 문을 활짝 엽니다.
이 땅을 사랑하는 모든 사람들
어서 오십시오
이곳은 생명이 숨을 쉬는
오늘이 있는 곳입니다.

처음처럼

아담이 잠을 잔다.

오늘도 긴 시간을
밉다
밉다
미워도 미워 못하는 너로
내가 밉다.

그 날의 해는
잊혀져 온 세월의 무덤으로
피의 자국을 남긴 채
숨을 쉬는데
아내, 하와가 찾는다.

카인아
아벨은 어디 있느냐
님의 음성으로 부르고 있다.

(天) 하늘

하늘은 아주 작은 마음의 눈으로도
보여지는 양심의 고향이다.

외로운 날

가슴으로 잃은 고향 그리워
웃음 잃은 세월
초점 잃은 눈으로
하늘을 본다.

머언 고향 떠난 자리
너도 슬픈데
갈 길이 먼 길목에서
그려보는 어머니 모습

외로움을 달래느라
나로 서 있는 맘속으로
젖은 하늘 가득
비가 되어 내린다.

어린 가장

밤이 가려해도 아직은 먼데
거기 누구인가
새벽 어두운 바람을 가르며
아침을 가지려는 이

암으로 잃은 아버지 대신으로
어머니 병고 숨이 가쁜데
그 독설의 칼날 불신의 그늘 아래서
여린 인생의 힘겨운 땀방울
온 몸을 적신다.

오늘도 나의 일이고
내일도 나의 일인데
가슴을 열고 눈물을 삼키느라
기다림을 더 가져야하는 아픔
하늘을 보니 허공이 벗한다.

바램

작은데
아주 작은데
커야 한다.

없는데
정말 없는데
많아야 한다.

모진 세월을 견디느라
엇갈림처럼
오고가는 희로애락들
생사를 넘나드는데

지워진 듯
잊혀진 듯
꼬리마저 잃어버린 바람처럼
제, 흔적을 남기지 않는다.

그 사람

바람은 오늘도 불고 있었다.

그곳에 사람 사는 모습으로
드나들던 발자국 지우려
오늘을 다 살기가 힘들다더니
그 말을 마지막으로
그 사람 모습이 보이지 않는다.

안개가 어둠속에서 꽃나무 지키느라
세상 시름 달래기로
주인을 무작정 기다리는 시간
여유 있는 여행을 떠나는 듯
일회용 그릇에 죽음이 담겨왔다.

아버지의 죽음이 가슴에서 맴돈다.

아버지의 죽음으로.

두주불사

잃을 것도 없는 시간
술독 옆에 앉아서 마시니
술에 취한 죽음은 삶 속으로 가고
깨어난 시간 속엔 죽음이 없다.

숨소리

이 밤이 어둡게 흐르는 것은
세상을 살피느라
하늘이 살아 숨 쉬는 소리다.
별이 떠나버린 하늘을
바람이 살아 숨 쉬는 소리다.

계절을 걷고 뛰면서도
한번도 거르지 않고
세상을 존재케 하는 사랑이
생명으로 흐르고 있기에

베풀었으니 거두어가는
씨앗이 살아 숨 쉬는 소리다.

눈 위에 발자국이 남아 있어서는 안 되는
자연이 살아 숨 쉬는 소리다.

月宮(월궁)

하늘을 달리는 마음으로
집을 잃은 아이

달을 살려는 마음으로
동구 밖으로 달리느라
제, 몸을 키운다.

시간을 잃어버린 어둠으로
저 달 속에서 아이가 자란다.

이작도 소녀

서해의 비릿한 내음
흐름의 멈춤으로 잠시 쉬는데

바다를 안은 숨결로
외로운 섬 마을
한 소녀의 외로운 마음

하늘 가신 부모님
삶의 정겨움으로 남는데

이작도의 한 소녀
하늘 닿을 꿈을 그려 바다를 달리기로
멀지도 않을 내일을 갖는다.

가난한 마을

산허리 잘린 고개 너머로
빈궁한 개 짖는 소리
가마솥 속 빈지 오랜데
초라한 굴뚝 세월을 잃어버린 듯

항아리 가득
하늘을 길어 담고
설움에 젖는 노을 빛 되어
술로 익는다.

망자의 향기

망자의 한으로
세월의 무게 속에 가리운 옷을 벗는다.

버리지 않아도 버려져 누운 채
빈 곳이 더 큰 공간
흔들림에 외로움이 신명난 듯
하늘이 울음을 감추는 곳

세대를 버린 무한의 품에 안겨
무덤도 없는 구천을 헤매이다
우주를 지붕 삼아 쉬느라
잠을 자는 망자여

나 홀로 입을 맞추느라
쓴 소주 한잔 바람과 나눈다.

셋째형님의 죽음으로.

슬픈 노래

하늘이 버린 세상을 살고 있다.
그 어느 것 하나
이 세상에 살지 않는 것 없으나
빛이 내게 베풀어 준 모든 것으로
보다 더 나은 내일의 삶을 살려는 듯하다.

이곳에 살기 위하여
나는 죽음처럼 숨 쉬며
오늘도 인생의 밑바닥에서
지워지지 않는 막소주의 검은 물로
무덤 쌓을 벽돌을 만들어 가고 있다.

배꼽산(문학산의 또 다른 이름)

머언 옛날
저 멀리서부터 잃어버린 땅

역사의 도도함으로
황해를 아우르느라
우뚝 선 자태는 비류의 산성인데

초록으로 동여맨 치맛자락

뜰아래 흐르는 세월 가득
살아 숨 쉬는 통한
배꼽산 정기 어린 약수되여

미추홀의 역사를 길어 마신다.

남동갯벌

멀리서 가까이로
시간이 늘어져 흘러내리는 산

궁핍스럽던 시간으로
작은 발자국들
허기 진 시간을 달래는데

온몸으로 좁은 철로를 달리느라
달빛에 젖는 남동갯벌
색 바랜 흑백사진을 내어준다.

능허대(백제시대 나룻터)

먼 옛날을 찾으려는 꿈만큼
바다가 문을 여는 시간

떠나려는 미련으로
마중 나온 파도에 흔들리는데

먼 곳도 아닌 곳부터
처음이 멀어져 가느라

해풍에 떠밀려 잠들지 못한다.

무궁화

천기가 누설되던 날
꽃잎 따라 떠나가는
한 방울의 이슬들처럼

석 달 열흘 피고 지는 무궁화

하늘의 눈물이 되어
흐르는 민족의 가슴으로
강물이 된다.

무능한 시간

나를 빼앗은 시간은 곡기를 끊어야 한다.

기다리는 시간으로
기다리는 사랑으로
기다리는 희망으로

통제로, 그들의 위상이 기록되느라
감시로, 열린 세상을 닫고 사느라
권력으로, 역사 속 시간이 아파하느라

나를 빼앗은 시간은 곡기를 끊어야 한다.

타인

산은 우뚝 서 있고
작은 변화 같은 일상으로
숲은 운다.

상한 감정의 상처로
이제 의지할 곳 찾으나
슬픈 두 눈 가득한 외로움
낮은 산자락에 잠자는데

순간으로 다가온 무언가
가슴 깊이 가라앉은 채
영원히 남으려 한다.

가을 깊은 시간

가을 깊은 시간
그 들녘 끝자리
순리에 베어지는 으악새들
고통이 뿌리에 서린다.

별보다 더 깊은 시간
울며 나는 기러기 떼
어눌한 바람에 흔들리는 갈대들
서로의 안부를 묻는다.

길

천지의 오롯함이여
세속의 사계여
지상결실의 시간이여

바람의 정령으로
숨결의 목소리로
인생의 바른 길
힘차게 달리는 생을 본다.

예수 그리스도 고통으로 걸은 길
열 네처로 꽃 피운 길
그 끝이 없는 길
우리 모두 가야 하는 오직 그 한길

외발로선 한 마리 학도 아닌데

외발로선 한 마리 학도 아닌데
삶을 드러내느라
야생의 들판에서
홀로 잘 견디는 나무처럼
기대보다 더 크게
바람이 어울림의 춤을 춘다.

門(문)

내일로 가는 길을 찾고 있다
오늘도 꿈이 기다리고 있는 이 길에서
나침판을 펼치나
고장 난 아픔으로 서 있다.

길게 뻗은 두 줄 평행선으로
기차는 꼬리를 감추듯 지나고
작은 휴식 공간엔
동네 아이들, 웃음이 놀고 있다.

갈곡리 성당

나그네 발길 멈춘 갈곡리
척박한 두메산골
하늘 보고 편안한 숨을 고른다.

들꽃 속에 피어난 소박함으로
손길손길 돌 쌓은 성전

문명의 공해로
불편한 마음 하늘 보라고
기도하는 하늘이 내려온다.

시간

읽던 책으로
얼굴을 덮으니
잠을 자지도 않았는데
밤은 지나 버렸다.

바람에 향기 퍼져가느라
꽃잎 속에 살포시 가두려는데
씨앗의 거목으로
제 단을 만든다.

業(업)

피할 수 없다

내가 갖고
네가 가져도
빈 뜰엔, 하늘이 가득히 내리는데

억 겹의 옷이라도 입고
썩어 없어질 몸
뉘라서, 가리려느냐.

죽엄

어찌 네 자유로 멈추었느냐
삶의 쉼이더냐
세상은 고요함을 잃었것만
그냥, 너 혼자 누리려느냐.

自殺(자살) I

무서운 일이다.

삶의 옥석을 가리지 못하고
잊으려 했던 어리석음으로
끝난 것은 아무것도 없는데

눈물의 참담한 위안으로
마음껏 울어주는 가슴으로
살아남은 자의 몫으로

공허한 하늘에 올렸는가

버린다 해도 버려질 수 없는 숨통
하늘이 멈춘다.

自殺(자살) Ⅱ

지난 밤에 날씨가 변했다.

초조한 듯, 하루를 갈라놓느라
아침이 한 바퀴 도는데
메마른 더위로 목마른 갈증
시간이 흐를수록 가쁜 숨을 쉰다.

그때 그때의 이기심으로
어제 불던 바람의 희생을 보느라
그날 그날의 작은 일들로도
죽음은 침묵을 필요로 하지만

죽음은 하늘나라까지 가는 긴 여행

자살은 사랑이 굶주린 죽음이다.

낯선 바람

해도 달도 별들도
가난한 술잔 속에 처박아두자

삶의 존재로
이름을 버려야 하는 외딴곳 낯선 바람들
세상을 외면해야 하는 삶으로
하늘 아래 죽었다.

아! 그 날의 역사로
시간의 숨을 쉰다.

영원한 꽃

하늘 품은 대지가 다 살도록
아침으로 피어나고
저녁으로 피어나는
영원한 영혼의 꿈

선혈을 토한 울분
이 강토를 지키는 기상
붉은 태양이
붉은 노을이
바람 앞에 스러지는 꽃일지라도

한 민족
피고 지는 아픔으로
영원한 사랑의 꿈으로
질 수 없는 꽃을 피운다.

초여름

먹이사슬의 덫을 놓고
바람에 너울대는 거미줄
햇살의 망울 속에 아침이슬
산야를 담아 하늘에 메어단다.

달빛에 취한 달맞이꽃 지지 못하고
색 고운 들꽃
흐드러진 개망초들

야생의 들판에서 나팔꽃의 기상으로
바람의 춤을 추느라
기대보다 더 크게
어울림의 마음을 나눈다.

꿈

내 생의 날과 생각의 날
하루가 끝난 곳에서
다시 또 사는 흐름 속에
버려진 시작으로
이제 잠든 새벽을 흔들어 깨운다.

별이 별을 외로워하는 듯
찢어지고 터진 마음으로
하늘아래 가장 귀한 나를 버려
땅 속 깊은 곳에 빠져들 때까지는
행복 찾아 떠날 일 없는 삶을 살리라.

산행

하늘 닿는 날까지
산을 다 아우르며
바람을 안고 산다.

동행하는 바람으로
장막 친 산길
돌아가는 구름들
지팡이 세우고 쉬엄쉬엄
산을 오르는데

바람은 숲의 숨소리
학이 숨 쉬는 천년의 숨결로
늘상, 산길은 하늘을 오른다.

황무지

조국산하
버려진 땅이라도 숨은 쉰다.

오랜 세월
버려진 외로움 속에서도
주인되어
사람의 발길을 기다리는 곳
잡초만 무성히 바람에 우나
잊어서는 안 된다.

황무지일망정
숨결에는 선열들의 조국애
잠들어 있음을.

모녀

길을 걷다 보면
발길 속도 꼭 닮았다.

푸르던 시절
나들이 가는 긴 기다림으로도
세월은 만남으로 채워지고

시집살이 조심스런 고운 딸
친정엄마를 닮는다.

웨딩마치

걸음걸음 꿈길을 걷는 듯
천국을 걸으려는데

한 발짝만 더 가면
한 걸음만 더 가면
하늘 눈물인 듯
이슬의 몸을 푼다.

아침 햇살
상큼한 바람의 숨을 쉬면
함초롬한 향기가 초연한데
차마 가슴 아파도

입가에 머문 미소
눈물이 없었으면 좋겠습니다.

순수의 하늘

뱃사공 카론의 안내로
저승으로의 강을 건너는 날

죽어도 아니 죽은 부모님
죽어도 아니 죽은 형제들

희망으로 사랑을 노래하느라
늘상, 오늘로 열려 있는 곳

지상을 떠도는 영혼의 흔들림처럼
천상병 시인의 귀천이 흐르는 곳

순수의 하늘
詩人의 나라입니다.

시간의 묘약

가을 끝자락이 건조하다.
아직은 아픈 흔적으로
적응하지 마라.

마음속 깊이
잠들어 있는 시간의 무게에 눌린
낙엽이 아픈데

내 안에 가득한 사람
나를 가져간 죄로
아침을 여는 사람

질긴 운명의 정
깊어갈수록
당신의 작음이 크다.

부평시장

바람이 지나는 날
부평시장 안에 한평공원
작게 열린 큰 쉼터

문화의 공간으로
해와 달과 별님이 쉬고 노래를 한다.

인연의 시간으로
누구의 발자국일까

내가 마음을 열면
사랑에 우는 비처럼

하늘길 열고
바닷길 열고
서해를 달려온 바람 짭조름한데

부평시장
오늘도 고향의 정을 주고받는다.

만종

사막의 갈증으로
삶이 버린 죽음인 듯
낙타 등으로 저무는 석양
저만의 길을 간다.

하늘 고운 들판으로
일상이 바쁜 시간
하루의 숨바꼭질도
걸림돌의 몸으로 넘어지듯

마음으로 느끼는 서늘한 기도
누구의 잘못도 아닌데
들판에 가득
해 저무는 어둠이 서두른다.

삼족오(고구려의 시조새)

문득 삼족오
고구려 기상으로 태양을 사는데
까마귀 무리
아침 하늘을 난다.

오늘도 어둠에 무겁던
단벌옷으로 치장을 하고
밤새 안녕들 한지
빈자리는 없는지
안부를 나누며
하늘 속으로 날개를 펼친다.

늙은 부모를 위하며
어린 자식 거느리고
둥지를 버린 날개로
남은 자들의 하늘을 간다.

혼돈의 정리

옛날이 그리워 돌아온 시간
태초의 모습으로 눈을 뜨려 한다.

시간의 흐름으로 갈 수 없어 멀어진
하늘은 가려 내리고
죽엄을 받은 땅
붉은 피로 쓰인 역사를 토하는데
깊은 생각으로도 알 수가 없다.

인연이 애써 미소를 보이지만
외면할 수도 없이
매일 매일을 태어나고
외면할 수도 없이
죽음이 오늘을 떠나가는데

저마다의 사연으로 눈을 감느라
오늘도 날이 저문다.

訃告(부고)

죽음은 비움입니다.

별 하나 떨어지는 날
사랑이 남은 사람들에게
한 송이 꽃이 되려 합니다.

石佛(석불)

먼 솔바람으로도
억만년을 느끼면
천년을 지새는 이마에
무덤이 산다.

돌부처를 뉘알랴
한 개의 돌로
가부좌하였거늘.

日常(일상)

희망은 사람이 일상임을 알고 산다.

달빛에 취한 시간
잎새에 일던 바람으로
햇볕에 바랜 옷을 벗는데
하늘의 별빛으로
남겨진 향기를 모은다.

실체

해질녘
길목엔 긴 그림자
점점 더 길어진다.

그 땅 끝에서
허기진 어둠으로
흔적 없이 사라진 님의 발자국

홀로, 이 가슴을 걷는다.

새와 별

한낮의 새가 별이 된 하늘
새들 사라진 흔적으로
그 날갯짓이 바쁘다.

선한 새들
꿈 찾아 사라져간 밤하늘에
반짝이는 별들이 속삭인다.

섬

바다 한가운데
해처럼
떠 있는 섬

하늘 숨을 쉬느라
세월만큼 곰삭은 해풍으로도
꽃처럼 곱다.

바다 한 가운데
달처럼
떠 있는 섬

대지의 숨을 쉬느라
은하수 건너는 무리로
별처럼 곱다.

양심선언

붉은 해 목에 걸고 새벽닭이 운다
밝음과 어둠 힘 겨룰 틈도 없이
드러낸 채 빛마저 숨기느라
인류의 숨결로 걸어온 발자국
눈에 들어온다.

먼 훗날.
지금보다 괴로운 만남을 위해
버릴 시간으로 숨겨진 사랑
이 땅 끝에서 바다를 바라보듯
이 땅 끝에서 하늘을 우러르듯

사랑으로 허기진 몸
눈물을 흘리는데
죽음처럼
나그네살이 하는 오늘도
붉은 해 목에 걸고 새벽닭이 운다.

양심의 눈물

해 살이를 하느라
달 살이를 하느라
존재들을 위하느라
밤하늘이 아름다운 별무리들
가려진 눈이 초라하다.

해 살이를 하느라
달 살이를 하느라
존재들을 위하느라
외면하려는 영혼들의 울부짖음
폭죽처럼 사라지는데

해 살이를 하느라
달 살이를 하느라
존재들을 위하느라
時에 취하는 영혼의 가슴
양심의 눈물을 흘린다.

구름처럼, 가려진 세월도 흐른다.

별똥별

노제가 열리기 전날 밤
비 먹은 바람으로
쑥불 피워 모기 쫓으며
멍석에 누워 별자리를 찾는데

꼬리 긴 별똥별
저 먼 천관산 천왕봉 너머
억새 숲에 모인다.

모인 별들
날이 새면 신화를 찾으려는 발길로
仙鶴洞(선학동)으로 간다.

홀로서기

잃어버린 날들
그, 처음을 기억하느라
시간이 시작되는 곳에서
달의 생각으로
해 앓이를 한다.

세월 깊은 계절을 남기려는 순례자
홀로 산을 넘는데
꽃들의 이름으로
힘겹게 피를 토하는 석양

잃어버린 날들
그, 처음을 기억하느라
시간이 시작되는 곳에서
달의 생각으로
해 앓이를 한다.

朝間(조간)

먼동이 저기 있는데
갓난아기의 눈망울처럼
작은 새가 운다.

아침이 멀지 않은데
유성이 사라진 하늘
새야, 어디서 멈추려느냐

어둠이 아침을 호흡하느라
태양을 부른다.

사모재(인천 문학산 삼호연 고개의 다른 이름)

돌아올 시간으로 먼 길 가느라
멀어져간 시간으로
정 나누는 시간으로
사모재에서 황해를 본다

해 길어 짧은 날
청학사 깊은 종소리
아직 눈뜨지 않은 꽃들
어두운 숨을 고르는데

눈물 젖은 향기로
옷깃 여미느라
먼 길 가는 님의 얼굴
하늘을 먼저 본다.

時流의 寢默(시류의 침묵)

역사는 머물러 있으면 안 되는 시간으로
침묵 아닌 침묵의 숨을 쉰다.

늙을 수도 없는 하루하루로
긴 여운을 남기느라
山河大地에 조각난 시간들처럼

잃어버린 시간을 찾는 애달픈 그림자
소리를 잃고 역사의 숨을 쉰다.

느낌

아침에 눈을 뜨고 보니
밤이 지나간 자리엔 어둠이 없었다.

태양의 흔적으로
또 다른 시간을 구속하느라
새벽바람마저 무거운데

점점 줄어드는 생명의 시간
느낌, 그대로다.

比翼鳥(비익조)

내 안의 우주로
比翼鳥, 날아야 한다.

천지의 조화로
둘이 하나되여
중심의 하늘을 한 숨결로 휘젓느라
구만리 장천
하늘의 날개를 펼쳐야 한다.

어제로 오늘을 사느라
내일도 살아가야 하는데
반반의 사상으로
서산을 부는 바람
구름 한 점에도 부끄러운데

내 안의 우주로
比翼鳥, 날아야 한다.

월경

붉은 수액은 苦海(고해)다.

잠결에 벌어진 입술처럼
단순한 풍경 속에서
계곡을 흐르는 생명의 물줄기

예민해진 골 사이로
치맛자락처럼
진폭이 커다란 곡선으로 퍼지는데

천개의 손발을 묶고
달과 함께 하는 시간
서둘러 계수나무를 심는다.

신 에덴동산

이 세상 끝의 끝으로 온 듯
모진 세월들
버리지 않아도 버려지는데
길섶, 물구덩이에 사는 개구리들
목이 터져라 운다.

달빛 은은하게 자리하는 밤
길 잃은 새가 슬피 우느라
숲이 가까운 짐승들
동화나라 살아있는 용암처럼
자유로 기어 다니는 뱀들
붉은 심장으로 몸 둘 바를 모른다.

다름

하늘에 구름이 많아도
구름은 하늘이 아니다
바다에 섬이 많아도
섬은 바다가 아니다.

하루하루
한올한올
씨줄과 날줄들

꽃을 보느라
하늘이 좋은데
새를 보느라
자유가 좋은데

엄마 젖으로 자유로운 아기
순리의 시간처럼
옷이 낯설다.

하늘이 멀어도 눈앞에 있듯
계절이 다른 옷을 입고
엄마 품에서 잠드는 아기
천사의 손길로 하늘을 덮는다.

돌산

해 밝은 날
돌산에 해가 쉰다

달 밝은 날
돌산에 달이 쉰다

두 개의 시간으로도
가진 것은 하나 없는데

성지인 듯
안개도 쉬고
구름도 쉬느라
바람도 쉬어간다.

세월

언덕과 언덕을 달리는 야생의 힘으로
갈려면 갈 수야 있겠지만

일생의 처음으로
어쩔 수 없는 목마름으로
죽어야 사는 생명의 씨앗들
어둠이 슬픈 그림자처럼
부는 바람을 잡으려고 하지 마라

태양이 무르익느라
세월은 기다려주지 않는다.

기행

파노라마처럼
펼쳐진 시간의 희로애락들
주워진 길을 갈 뿐인데

엊저녁 햇살만으로도
대지가 사라지는 이 밤
저 강을 건너면 안 되는데

긴 시간 짧은 생각으로
구천을 떠도느라
슬픔을 이기려는 영혼들처럼

보름달, 숲 속 길을 비춘다.

마음 깊은 시간

하늘은 별들도 모르게 흐른다.

우주의 시간으로
계절을 익히느라
마음 깊은 시간
농부는 계절이 아픈 만큼
예쁜 꽃들을 보는데
소용돌이 치는 세상
당신의 사랑으로 비교하지 마라
당신의 사랑으로 서두르지 마라

하늘은 별들도 모르게 흐른다.

인연

남의 인연을 사랑하느라
백년을 살아도
천년을 살 것처럼
하늘을 향하는 설렘으로
끝내, 선택을 괴로워한다.

아름다운 인연

고통의 세월로 천계의 문을 나서느라
눈물의 세월로 천계의 뜻을 세우는데
당신을 위한 보석으로
상처 난 인연의 흔적으로
조개는 진주를 품는다.

파도

파도의 마지막 삶이 부서지느라
처음 도착한 물결들
외면을 한다.

노을에도 무심한 포구가 좁은 듯
갈매기들의 울부짖음으로
바다는 빠져나가지만
마중물도
배웅물도
온몸으로 파도를 기다리는데

파도의 마지막 삶이 부서지느라
하늘을 만나는 수평선
외로이 느끼고 있다.

별똥별들

백만 년을 두근거리느라
별은 별을 이해하려 한다.

푸른 바다가 설화를 찾느라
낮달이 부끄러운 별똥별들
제 몸 헐어 붉은 사막에 사는데

공룡의 울음으로
신음하는 달빛 아래
억만 년 전 화석을 적시는 빗방울들

해와 달이 소홀한 죄로
빙산에 갇힌 별똥별의 유전자
소멸의 비밀을 숨기는데

별의 그 창백한 언어로
바다를 잃은 사막
신기루의 전설을 간직한다.

별똥별들, 사막의 낙타를 키운다.

해 뜨고 지듯

비 개인 오후
저 산 너머 일곱 색깔 무지개
너의 눈에도 살고
나의 눈에도 사는데

태어남의 귀중한 선물로
꽃과 나무들도
온갖 산새들도
나를 가득 사는 산내음 들내음

아서라
바람의 속삭임으로
생의 시름이 깊다.

시차

끝은, 끝이 아니기 때문이다.

기다린 만큼
이미 내 안엔 내가 없는데
우주 안의 소우주를 사느라
의미 없는 일에 의미를 부여한다.

아마도, 먼 곳이 깜깜한 것처럼

좌우를 사이에 두고
존재하던 시간의 껍데기들
내 소식인데
내 소식이 아닌 건 뭘까

끝은, 끝이 아니기 때문이다.

연꽃 I

진흙의 터전에서 보석이 되느라
억울한 시절을 견뎌낸 연꽃들
태양의 꽃이라는 별명처럼
곱디 고운 자태를 뽐낸다.

아마도, 늦은 여름을 다독이느라

해 잃고 모두 잠든 밤
은은하게 흐르는 달빛처럼
따뜻한 별들의 시선으로
연못 가득, 축제를 연다.

연꽃 Ⅱ

연꽃의 삶
둥근 공간을 사느라
허공에 절 한 채 올려놓는다.

佛紀(불기)의 시공을 사느라
침향 가득한 목탁의 울림으로
해가 익어버린 날

아득한 화엄의 세계를 여느라
그 여자, 꽃밭에서 밤을 지새우는데
한 송이 연꽃으로 피어난다.

족적

추억의 발길로
끝없는 여행을 해보지만
속절도 없이 흐르는 해와 달로
바람에 날리는 백발.

돌아갈 길이 너무 멀어도
배고픔 달래는 어머니 품처럼
행복한 사람들이 모여 사느라
문명이 부끄러워 가난이 행복한 땅.

해 저물녘엔 다다라야 한다.

두무진

해안 성당의 빈 종루
천둥이 울고 번개가 치느라
시계조차 깜짝깜짝 놀라는데

작은 세상 속에 피어나는 꽃처럼
바다를 들으려는 가로등불들
종이배라도 타고 바다를 건너야 하는데

허기지고 목마른 갈증으로
어눌한 시간만큼
두무진을 지키는 갈매기들

온 길의 끝에서 순교하려는 듯
새벽을 모으느라
바람처럼, 바다로 뛰어내린다.

鐘(종)

나를 두드려다오
가감 없이 힘차게 나를 두드려다오

아픔은 나의 기쁨
가슴을 깨울 수 있을 때까지
나를 두드려다오

멀어서, 멀고 멀어서
그 소리를 들으려면
성지가 아니어도 좋게
나를 두드려다오.

꽃물

햇살 모은 언덕 위로
소쩍새 그렇게 울었는데

시절이 수상해도
울 밑 봉선화들
해처럼, 곱게 피어난다

곱디 고운 처자들
사랑이 아픈 손가락마다

시간의 길이만큼
예쁜 전설을 동여매느라
이렇게도 삶이 바쁜데

첫눈이 내릴 때까지
꽃물이 남겨질 사랑을 그린다.

더불어 사는 삶

해 앓이를 하는 꽃들도
달 거리를 하는 꽃들도
바람이 불면
꽃 향기를 서로 나눈다.

春(춘) I

하늘 끝에서도
바람은 계절의 숨을 쉬는데
결국, 매화처럼
봄이 왔구나

햇볕을 나누던 봄바람도
사랑을 나누던 봄 처녀도
먼저 찾아온 사랑을 노래하느라

꽃비 내리는 날
향기 가득한 매화의 이름으로
대지는 봄의 교향악이다.

春(춘) Ⅱ

봄비 내리는 밤
침묵의 몸짓으로
비에 젖은 매화

별들을 사는 듯
꽃 그늘 아래
봄바람을 모으느라

가로등 불빛들
달의 거리로
숨 가쁘게 달려간다.

꽃

맑은 날.

하늘 가득한 구름처럼

꽃들이 가득 핀 날은

가난해도

가난을 모른다.

목석

초목의 이름으로
나무도 아닌 것이
돌도 아닌 것이
괜스레, 목석처럼 산다.

단상

햇볕의 온기로
춘설이 목마른데
분주한 나무들 움트는 소리

안개도
아지랑이도
나른함으로
흐드러지게 하늘거리느라
늘어지는 봄날의 기지개

바람의 향기를 느끼느라
대지의 숨 가쁜 옹알이처럼
꽃들, 술렁거린다.

사노라니

왜 하늘을 그리워하며
왜 운명을 어쩌지 못해
왜 거친 숨결로 세상을 살아야만 할까

구름 같은 인생 사노라니
너는 너대로
나는 나대로

일 년 삼백예순 날
천지 가득한 기운으로
유영하는 회한의 세월

미련으로도 끝이 아닌데
하루해 저물어도 어쩔 수가 없다.

이별

홀로 사는 것처럼
벗어나야 하는 세월가득
잊을 수 없는 일들로
나는 오늘 죽을지
내일 죽을지를 모르는데

잊혀져야 하는 아쉬움만큼
지금이 이렇게도
소중한 줄을 모른 채
기쁨과 가슴 아픈 눈물로
헤어져야 하는 것이다.

정서진에서

소리 없이 흐르는 구름들
가득한 설렘으로
하늘을 가로지르느라
간간히 해와 달을 가리는데

먼 바다 소식을 그리워하느라
정서진의 갈매기들
해 잃은 빈 바다로
마음껏 날개를 펼친다.

그날이 오면
오늘은 오늘일 뿐인데
가슴에 일렁이는 풍경으로
석양에 몸을 맡긴다.

옹알이

하늘빛 모은 석양 노을처럼
아침 햇살에 쫓기는 이슬처럼
갓난아기들

그곳에 있는 사랑으로
모성과 소통하느라
천사의 언어로 옹알이를 한다.

개벽

그날
계절을 듣는 소리로 걷는다.

생명이 신비로운 만큼
역사는 진실되어야 하는데
느낄 수 없는 변화 속에서 사느라
세파는 잃어버렸던 진실처럼
늘, 나를 깨운다.

천지가 개벽한데도
천만금짜리 해와 달이 빛나느라
천만금짜리 바람이 부느라
천만금짜리 눈은 내린다
천만금짜리 비도 내린다.

천지가 개벽하는 날도
세상은 그대로일 텐데.

외로운 갈매기

해를 잃어버린 날
무복한 기운으로 비가 오느라
우산을 펼쳐야 하는데

천지를 오가는 바람으로
바다가 머언 산을 춤 추느라
강산에 다가오는 스산함처럼

바람이 더 하느라
그 긴 시간을 다잡지 못한 채
바다를 몸 사리는 외로운 갈매기

눈 밖에 난 몸짓으로
허기진 시간을 울며 난다.

石花酒(석화주)

석공의 거친 손길로
무희를 껴안고 돌고 도느라
돌산의 심장에 혈관을 뚫는다.

石山에 가득한 꽃향기
천연덕스러운 군무로
핏빛 물든 세월을 휘돌아가느라

꽃과 나비처럼
화려한 위선으로
온몸을 무장한다.

아! 뉘 술로 심장을 붉게 취할꼬.

소나무

한그루 소나무
외톨이로
홀로 산만큼 눈물이다.

뿌리 깊은 세월
감출 수 없는 눈물로
하늘을 우러르는데

섣달, 갈대만큼 견디느라
속으로
속으로
쌓이는 恨(한)

흐린 하늘처럼 살지는 않지만
천년의 시간을 견디려는 듯
소나무 홀로 鶴(학)을 품는다.

언감생심

별만큼이라니
별만큼이라니

우주에 존재하는 힘으로
우리는 제 시간만을 살다가는
티끌일 뿐인데

보이지 않는 시간 때문에
보이지 않는 아픔 때문에
보이지 않는 사랑 때문에

시간이 아파하는 만큼
아무렇지도 않은 몸짓으로
나는 더 작아져야 하는데

별만큼이라니
별만큼이라니.

낙엽

나무들 앙상한 바람을 맞느라
순리에 움츠리는 몸짓으로
바람결 따르는 춤을 추지만

잎새에 서린 겨울만큼
세월의 여운을 하나로 모은 나무들
옷을 벗는다.

아! 어쩌란 말인가
나뭇가지를 잊어야 하는 죄로
낙엽의 길이 죽음인데

저승사자도 외면하는 시간
하늘이 내리는 雪에 묻히느라
이제야 겨우 잠들을 잔다.

獄(옥)살이

인간으로 태어난 것을 행복해한다.
자신만의 세계에 갇혀 산다 해도
가슴속에는 언제나 자유를 품고 사느라
언제든 원하면 그곳에서 벗어날 수 있는데

행복한 사람들에게도
불행한 사람들에게도
욕심은 비워질 수 없지만
항상 가득한 것만은 아닌데

무거운 짐이 힘에 겨워도
자신의 길을 가야만 하듯
이미, 파랑새는 녹두밭에 없는데

행복일까
불행일까
희망일까

해와 달과 별들처럼
내 안의 우주로
나를 담는다.

아침하늘

별이 사라진 하늘
먼동이 터오는 아침 하늘에 새들
별을 달려온 시간만큼
동으로
동으로
해를 맞으려 날아간다.

시대의 오류로
전설처럼 사느라
해맞이하고 돌아오는 새들로
해 길은 시간
동토의 땅, 북으로 나는 새야
해와 달과 별들
그, 사랑의 기운을 전해주렴.

별이 사라진 하늘

먼동이 터오는 아침 하늘에 새들

거꾸로 돌아가는 시간인양

동으로

동으로

해를 맞으려 날아간다.

대지

오랜 세월
하늘 숨을 쉬느라
켜켜이 묵은 흔적으로
삶과 죽음이 공존하는 땅.

뿌리 깊은 나무처럼
천지를 오가는 바람으로
계절 다른 노래를 부르느라
계절 다른 꽃들을 피우느라
홀로 선채 대물림하는데

무슨 일이 일어나도
아무 일도 없는 듯
우주의 무심한 숨결로
늘, 해와 달을 마중한다.

깊은 느낌

웃어야 할 때 웃지 않느라
미소는 내 안의 또 다른 외침
울어야 할 때 울지 않느라
눈물은 내 안의 또 다른 몸부림

굴곡진 인생사
주름진 삶만큼
깊은 느낌으로
또 다르게 주고받는다.

웃어야 할 때 웃지 않느라
미소는 내 안의 또 다른 외침
울어야 할 때 울지 않느라
눈물은 내 안의 또 다른 몸부림.

거울처럼

우리는 거울입니다
서로의 거울입니다

자신의 시간을 비우느라
타인의 시간을 채우느라
생각하는 대로 살지 못하면
사는 대로 생각할 수밖에 없는데

앞 시간은 뒷 시간을 모르고
뒷 시간은 앞 시간을 모른 채
오늘이 된 어제로도
오늘이 될 내일로도

우리는 거울입니다
서로의 거울입니다.

작은 하늘

하늘이 먼 새들
기억 너머 그 날갯짓으로도
나는 괴로운데

해의 기운으로
달의 기운으로
죽을 만큼, 사랑하느라
나를 이기는 시간

하늘 닮은 모습으로
피어나는 꽃처럼
붉은 심장의 정열로
가슴이 하늘 숨을 쉰다.

낮달

달의 뿌리가 길어진 땅 끝에서
이슬의 미소가 고운 날
전설을 찾아가느라
새들의 무거운 날갯짓만큼
흐린 하늘도 무거운데

머언 젊음의 뒤안길에서
설픗한 가슴으로
당신을 두 눈으로 사랑하느라
첫사랑은 후유증처럼
반짝이는 별무리 속에 숨는다

일상이 깨어있는 시간으로
하얀 낮달
어제의 달을 하얗게 재운다.

기다림

날 감싸는 바람의 혼돈으로
비가 되고
눈이 되고
서리가 되는 세월들

삶만큼
점점 더 멀어져 가느라
바람을 아우르는데
늘, 안개는 해를 기다린다.

아가야

오라
우주를 가로질러 스스로의 길을 오라

우주의 시간을 하나로
인연의 시간을 하나로
하늘이 먼 이곳에 섬이 되느라

저 산 너머로 사라지는 별똥별처럼
천상의 색으로
꽃의 생명으로

단 하룻밤의 부활처럼
몸과 마음을 다스려
가슴을 열고 너를 맞으리니

오라
우주를 가로질러 스스로의 길을 오라.

반성

동에서 서에 이르도록
나를 비우고 너를 채우느라
무한의 혁명으로 멀어져간 시간들
이야기로 엮느라
별들이 움직인다

더불어 어우러지느라
어우러지지 않는 것처럼
높고 깊고 넓은 세상
마지막의 마지막 순간까지
믿어야 하는데

작으면 커지느라
크면 작아지느라
나 혼자 늙어버린 세월
이젠, 버려지는 시간도 버리지 말자.

징조

영혼의 일부인 것처럼
그 어려운 감정을 소통하기 위하여
하늘이 검게 변한다.

거룩한 존재감을 드러내느라
무거운 멍에를 어깨에 메고
이곳저곳을 돌아다니는 이야기들

소용돌이 치는 블랙홀처럼
단절된 마음에 깃든 병처럼
한 사람이 두 마음으로
잃어버린 웃음을 웃는 시간

영혼의 일부인 것처럼
그 어려운 감정을 소통하기 위하여
하늘이 검게 변한다.

오후

말로써 저주하는 욕지거리로
돌아오지 못하는 소중한 사람들

홀로 기다리느라
켜켜이 쌓인 깊은 정으로
가만히 웃고 싶은 오후

햇볕 모은 쉼돌에 문신처럼
호랑나비 한 마리 내려앉는다.

흔적

세월에 취한 시간으로
영혼이 자유로운 들꽃들

저 하늘 별들의 시간을 공유하느라
둔탁한 발걸음 모아
멀리 있는 시간을 위하여
기도하는데

주름진 세파의 흔적들
그리움에 검은 눈물을 떨군다.

늪

마음껏
활개 치게 만들어 놓고
아무것도
할 수 없게 하느라
열린 세상에 가득한 족쇄들
세상은 끝내 늪이 된다.

영웅

하늘 사랑으로
해를 사랑하느라
달을 사랑하느라
별을 사랑하느라

백의민족
홍익인간들
무궁화 꽃처럼
금수강산에 사는 대한국민입니다.

부활

해가 떠오르고 달이 지느라
세월의 한 중간에서도
역사의 한 복판에서도
꽃들처럼, 죽음은 끝이 아닌데

이별이 서러운 내 죽음
어디쯤 널브러져 있을까

돌고 도는 세상
물레방아처럼 돌고 도는데
오늘만큼의 사랑을 갈구하느라
또 다른 일상이 시작한다.

우주

시작의 끝자락에서 익어가느라
저 큰 우주로
하늘은 노을 꽃 피우는데

해만큼
달만큼
경건한 의식을 치러야 한다.

멀리 있어서 더 그리운 사랑으로
끝없이 흐르는 시간만큼
바람도 농작거리를 하는 시간

하늘도 어쩌지 못하는 길을 떠나느라
주름진 노인의 세월만큼
너를 만난 그 모든 것들

홀로, 우주를 간직한다.

너만큼

눈은 보아도 말이 없고
귀는 들어도 침묵을 하는데

다들, 살기 바쁜 세월로
본 척도
들은 척도
하지 않는다.

뒤늦은 후회의 시간으로도
아픔은 마음에 흉진 상처
늘 거친 숨결로
침묵할 수 없는 생을 살지만

그래도 아름다운 인생이여
꽃처럼
별처럼
두 눈의 망막 속에 담는다.

생애

아침이 어두운 생애를
흔들어 깨웁니다.

해와 달의 선으로
끝없이 아름답게 꾸미느라
이어진 세상
신 새벽 바람으로
횃대에 오른 장닭
동녘을 바라보는데

지새운 밤으로
그냥 가버린 시간처럼
그냥 사라진 세월처럼
죄 많다고 말씀하시고
죄 많다고 고백하느라
부끄러워하시던 아버지

대숲에 가득한 대쪽 같은 진상으로
세상을 향해 웁니다.

제자리

제 자리는 여기입니다.

시간이 씨줄과 날줄을 오고가느라
천상의 별들처럼
지상의 꽃들처럼
내 삶의 운명처럼
품 안의 사랑으로
진자리 마른자리 갈아 뉘던
가득한 시간으로
제자리는 여기입니다.
백운룡, 태몽의 숨결을 고르느라
부모자식의 정으로
代를 이어 살아가느라
해와 달의 시간으로
한결같은 마음으로
세월의 뒤안길에서 마른 숨을 고르지만
세상의 중심에 있느라

제 자리는 여기입니다.

삶의 비애

어둠으로부터 자유케 하는 빛
모든 사람의 마음엔 그 빛이 산다.

하늘이 먼 별보다
더 먼 별똥별처럼
낮잠을 깨우는 닭 울음소리

달의 몰락으로
물결치는 파도처럼
세상 소음에 휩싸이는데

살아서 선잠 자는 전설처럼
가려진 사랑으로도
사랑은 사랑으로 돌아온다.

보는 눈의 죄로
듣는 귀의 죄로
그림자 놀이하는 희로애락들처럼

홀로, 부담 안고 사는 인간이 슬프다.

무엇일까

아직 어두운 것도 아닌데
어둠이 오려는 걸까
먼동이 트려는 걸까

해와 달이 바뀌는 시간으로
반쯤 감은 눈으로
그래도 괜찮은 하루를 사는데

오늘도 내일을 기다리느라
세상은 사계절처럼
삶, 그 끝나지 않는 이야기로
오늘의 순리를 산다.

혼자만의 생각으로
마음을 드러내느라
먼 길을 떠나는 일탈을 꿈꾸지만

바다에 둘러싸여 고립된 섬처럼
보이지 않는 시간을 간직한 씨앗처럼
어제도 나를 다스리지 못하고
쇠락의 길로 가는 시간의 궤도에 있다.

아직 어두운 것도 아닌데
어둠이 오려는 걸까
먼동이 트려는 걸까.

自意(자의)

끝은, 조용히 홀로 있었다.

끝난 것 같은데
끝나지 않은 시간으로

늘, 홀로된 짝처럼

천지의 모습으로
해와 달을 가슴에 간직한다.

이유

하늘을 외면하느라
저, 노을빛처럼
세상은 슬픈 사랑을 한다.

우주의 섭리로
천지의 조화로
해와 달이 뜨고 지느라
내 작은 꿈이 무너져도
꽃과 별들의 사연처럼
해가 서쪽에서 뜰 일 없는데

하늘을 외면하느라
저, 노을빛처럼
세상은 슬픈 사랑을 한다.

일상처럼

아이의 손길로
어지러진 장난감처럼
발길에 체이는 시간들
하루가 또 하루를 낳느라
흐름은 쉼이 없는데

이만큼의 거리에서
안개 속에 갇혀버린 기억처럼
피어나는 연꽃들
무거운 세월에 굴곡진 주름으로
잃어버린 시간을 묵상한다.

앞서가려는 시간도
뒤처지려는 시간도
제 숨결로, 해 돋을 시간을 기다린다.

묵상

머무름 없이 흘러가느라
스쳐 지나가는 추억들

여명의 항구에 남겨진 빛으로
세상 속에서 뛰어놀지도 못하고
그림자처럼, 어두운 잠을 잔다.

하루만큼 지나버린 시간으로
그 날을 만나러 가느라
다시 돌아오는 시간이여

어제, 오늘의 내일을 별처럼 사느라
과거가 멀어서 미래를 모를까.

열린 마음

나는 숨 쉬는 동상
눈으로 보느라
귀로 듣느라
초목을 지나는 바람처럼
흔들리는 세월을 지키는데

뒤뜰, 장독대에 정한수 떠 놓고
두 손 모은 간절함으로
빌고 비시던 어머니

시작이 시작이 아니고
끝이 끝이 아닌 시간
하루만큼, 느려지는 바람으로
애틋한 가슴에 해 돋을 시간으로
얼룩진 미래를 넉넉히 보듬는다.

훗날

뒤돌아보는 시간으로
훗날이 있는데
훗날이 없는 듯
침묵하는 세월만큼
계절들, 서로서로 재촉을 한다.

하루살이보다는 더 긴
꽃들의 세월로도
인생은 한바탕 꿈인데
한 서린 세월가득
혈기왕성한 난장을 펼치는 힘이여

무거운 돌처럼
스스로를 어쩌지 못하고
부끄러워 하늘을 가려보지만
나 너 그리고 우리
그, 우리는 서로의 나다.

움직이는 그림자

해와 달이 얽매인 시간으로
서로 다른 우주를 품으려 한다.

날들의 한숨처럼
세상 어느 곳이 해자리요
세상 어느 곳이 달자리요
세상 어느 곳이 별자리일까

꽃향기 퍼져가듯
새들, 가볍게 나는데

하루해 길어진 그림자처럼
삶은 죽어가는데

해를 찾는 안개처럼
환상으로
환영으로
숨결마저 목마른 사막의 신기루여

그, 시작의 끝처럼
더 큰 우주로 간다.

욕망

하늘을 보는 그 느낌만큼
하늘이 가까운 산을 오른다.

욕망의 끝없는 신비로
비운 마음에도 가득한 퇴적물처럼
흔들림 없는 동산
나를 완성하느라
떠날 때임을 느끼는 허무처럼
해와 달의 그림자를 간직하는데

늘, 열고 닫느라
붉게 물들이는 혼불을 무서워한다.

불만

보편적 정신으로
우리는 언젠가 만난다.

자발적 고독으로도
모두를 사랑해야 하는데
쪼개진 시간 속으로
젊은이가 떠나가는 마을도
젊은이가 돌아오는 마을도
먼 북으로 가는 좁은 길
비가 되고 눈이 되고 바람이 되는 시간
추방자의 몸짓으로
여행을 떠나야 하는데
우리는 우주의 어디쯤을 걷는가

늘, 죽고 싶은 날을 사느라
밤이 깊어져도 잠이 오지 않는다.

첨성단

우주의 이름으로
천체의 중심으로
실 한오라기 바람에 날리느라

이 땅을 지키는 마니산 첨성단
그 길고 긴 세월
하늘 뜻, 그대로인데

변할 수 없는 백의민족의 숨결로
홍익인간의 뜻을 사느라
아침 이슬들, 무궁화를 피우려 한다.

소리 없는 외침

아무것도
모르는 사람이 있었습니다.

아무것도
모르는 사람이 살았습니다.

아무것도
모르는 사람이 죽었습니다.

이 땅에 꽃이 되느라
황무지의 숨결을 나눕니다.

별들

꿈꾸는 별들
해와 달처럼
드넓은 우주를 밝히려는데

어제를 보낸 오늘로도
생명의 우주를 나누느라
시간의 언어를 배운다.

하늘 손잡은 대지 가득
공허하게 빈 가슴에 가득
별들, 꽃으로 피어난다.

창조의 힘

해처럼
달처럼
바람처럼
무감각해야 하는데

여유로운 시간에 쫓기느라
조급한 시간에 밀리느라
끝없이 움직이는 창조의 힘으로
소멸되는 만상만물들

쉴 새 없이 설레는 바람으로
시간은 마지막 잎새를 지난다.

또

동녘 하늘을 기다리느라
어둠에 가려지는 시간

난, 아무것도 아닌데

채워도 채워도 채울 수 없는
하늘 아래 땅 위를 서성인다.

버리지 못하는 미련 때문에 나를 잃어버리지 마라

버리지 못하는 미련 때문에
나를, 잃어버리지 마라

우주의 기운을 나누느라
너와 내가 간직하던 꿈처럼
오늘도 해는 떠오르는데

아득한 전설의 넋두리로
나를 잃고 쉬어가는 세상
그, 가깝고도 먼 어딘가로

이슬이 무거운 달팽이
해를 본 걸음으로 달을 만나러 간다.

상념

맞다! 세상이 그랬다.
가만히 있어도 내일이 오는데
기억 저편으로
거슬러 갈 수 없는 시간들.

머리카락 한올한올의 삶
행여 놓칠세라
검은 머리 파뿌리 되도록 기다리는데

해를 맞느라
어둠을 걷는 발걸음처럼
새벽녘에 켜켜이 쌓이는 상념.

세상, 별것 아니어도 다 사연이 있듯
똥이 밥이라고
아삭하다 못해 달달하다.

하늘에 별들
그냥 별이 아니었다.
대지에 꽃들
그냥 꽃이 아니었다.

순간처럼

사랑은 반짝이는 별처럼
순정은 피어나는 꽃처럼
아름답기만 한데

순간처럼
무심하게 버려지는 시간들
안개처럼
이슬처럼
햇살을 품느라
이야기가 있는 풍경 속으로
순례를 떠난다.

계절이 다른 바람들
온몸으로 느끼느라
인디언의 전설을 찾아간다.

환상

동굴 속의 어둠처럼
평범한 일상을 거부하느라
하늘만큼
땅만큼
과거에서 와서 미래로 가는데

세상은 어둠을 이긴 빛으로
파노라마처럼
환상의 세계를 연출한다.

별처럼
꽃처럼
우리처럼
혼자가 아닌 혼자가 되어
홀로 버려지느라

극과 극의 조화로
죽어버린 정열의 흔적들
어둠에 뉘여 놓은 채

세월의 배에 魂(혼)을 싣는다.

빈 마음

해는 낮에 뜬 달
달은 밤에 뜬 해
그냥 오느라
소란 떨일 없는데

밀물과 썰물처럼
씨줄과 날줄처럼
지금의 여긴 사방 어디에서도
전체를 볼 수 없는 무한의 공간.

고향으로 돌아가는 그대에게
타국으로 멀어가는 그대에게
여행자로 떠나가는 그대에게
너와 나의 술잔은 무한의 바다.

분주한 바람을 한껏 나누느라
과거는 지금의 그림자
점점 더 멀어져가는 시간으로
삶의 끝자락 이야기를 나눈다.

그렇게, 그 날도 맞고 지금도 맞는데.

술아

해가 가느라
달이 가느라
늘상, 주워지는 본성으로
석양빛 노을처럼
술이 익는다.

이젠, 님의 길을 가야 하는데

저 술 때문에
저 술 때문에
애진작, 뇌를 기억 못하느라
늘, 나는 나일 뿐인데
나로 남겨지는 몸짓을 한다.

알 수 없는 날

알 수 없는 날 때문에
그 날을 하루로 산다.

왜, 그런 거지
왜, 이런 거야
왜 그래.
높고
넓고
길고도 좁은 길.
물처럼, 살 수 있을까
꽃처럼, 피어날 수 있을까.

알 수 없는 날들로
알 수 없는 날들이
생사고락을 함께 하는데.

알 수 없는 날들로
알 수 없는 날들이
바람처럼, 무한의 힘이 되어
나를, 우주의 존재로
그렇게 스쳐서 지나간다.

하루 온 종일

오늘의 생각만큼
우주를 숨 쉬는 땅을 느끼느라
뒤척이는 새벽
나에게 주워진 시간으로
해도 달도 별들도 사는데

대지에 꽃들이 피고 지는 만큼
잃어버린 시간을 찾느라
애 돌아가는 몸
알아내지 못한 삶으로
나만 몹시도 괴로웠구나

기나긴 기다림 끝에
더 긴 기다림으로도
여기는 내 자리가 아닌데
지금의 심정으로도
여기가 끝이 아닌데

곰삭은 세월만큼
휑한 기운을 느끼느라
끝이 보이지 않는 빈 공간
영혼 없이 떠도는 시간으로
내 걱정은 죽음 앞에 서 있는 것 같다.

우리의 만남으로
하늘 시간이
꽃의 시간이
남겨진 아픔으로
보이지 않게 기다리던 자리

누울 너럭바위를 찾느라
스스로의 삶을 버리려는 여유로
내뿜는 꽃의 향기처럼
때때로 생각나는 사람들
내 삶의 향기입니다.

해와 달과 별처럼

하늘을 가슴에 담느라

하늘 숨 쉬는 일 마음에 젖어듭니다.

횡설수설 I

요지경인 듯
찰나의 시간 속에서도
별짓을 다하며 사느라
나를 느낄까

호락호락하지 않은 세상
빈 공간을 흐르는 생각으로도
존재 아닌 존재가 되어
끝없이 이어져야 하는 오늘.

바람처럼, 흔적을 남기지 않느라
십장생의 삶으로
찰나의 숨결로
그렇게 살아야 하는 날인데
무엇을 보려 했느냐
무엇을 들으려 했느냐
무엇을 얻으려 했느냐
무엇을 남기려 했느냐

흑역사 속에 묻힌 전설처럼
떠오르는 먼 이야기조차도
오늘을 이렇게 펼쳐놓고
손에 손을 잡으려는데

떠오르는 태양의 위대함처럼
더욱 작아진 몸짓으로
달마는 왜 동쪽으로 갔을까
도솔천은 차원이 다른 곳에 존재할 텐데

배움이 없는 본능으로
하늘은 장막을 두른 채
우렁우렁 비를 내린다.
소담소담 눈을 내린다.

횡설수설 Ⅱ

늙은 엄마의 간절함으로
울지 않는 밤을 껴안느라
천근만근인 눈꺼풀의 위압감
또, 부활의 의식을 치르는 것일까.

게으름을 피우느라
생각을 누르고 행복을 느끼는데
벽에 걸려있는 최후의 만찬
그 액자가 눈에 들어온다.

활짝 핀 꽃잎 위에 세월을 펼쳐놓고
하늘의 구름처럼
바다의 물결처럼
구곡간장 애태우며 길을 걷는데

오랜 기다림으로
가슴 끝에 꿈틀거리느라
무언의 대화가 소리 지르느라
어둠처럼, 허물어진 심장.

천상의 신비로움으로
온 천하를 살피느라
작은 생명체들의 둘레에서
검게 멍들어 우는데

차갑고 음습한 공간에서
해의 수혈을 기다리느라
주름처럼, 구겨진 인연으로
분분한 검은 발자국들

나비의 꿈꾸는 상상으로
꽃밭에서 노느라
분화구를 품은 화산의 여백처럼
생채기 내는 비극을 나누어 갖는다.

횡설수설 Ⅲ

두루마리에 기록된 날들
정적에 휩싸인 하늘처럼
종말의 끈을 꽉 쥔 채
아무도 내일을 걱정하지 않는데
몽땅
들으라고
보라고
느끼라고
영웅의 고독한 죽음으로
어둡게 주어진 운명의 불륜으로
천지의 긴 시간을 짧게 나누느라
천지의 짧은 시간을 길게 나누는데

갈등을 겪느라
내 숨결을 열어준 어버이
그리운 고향을 남기느라
이젠 볼 수가 없습니다.

오늘을 기억하는 먼 훗날만큼
하얗게 낯선 하늘
복잡한 심정으로
마음 둘 곳이 없는데

갈 길을 잃어버린 채
갈망하는 절절한 마음으로
가슴에 모으는 두 손
온 밤을 새워 또 한 날을 갖는다.

횡설수설 Ⅳ

우주의 기운을 느끼느라
천하를 쥐락펴락하는 힘이여
넋을 잃은 기억으로
허공을 향해 실없는 미소 짓는데

어둡고 느리게 가는 시간처럼
멀고 먼 옛날로
느슨한 농담을 주고받느라
우리는 이미 과거 속에 묻혀버린다.

동굴처럼, 어두운 숨을 내쉬느라
늙은 손처럼, 뼈 마른 눈물
허름해진 아버지의 노여움 대신
어머니의 한숨이 가슴에 머무는데

살면서 이미 죽어본 삶으로
저 하늘 숨을 쉬느라
어느새 날은 어두워지고
꽃잎은 제 몸을 움츠리는데

달을 사느라
어둠을 밀어내는 시간으로
별이 바람에 스치는데
꿈마저 짧은 숨을 몰아쉰다.

온 만큼 가자는 것도 아닌데
하루의 완성을 보자는 것도 아닌데
하늘을 내려오는 어둠의 족적들
끝내, 늙은 가장의 웃음을 가져간다.